CW01072627

P. F. J. Brogniez

Réflexions sur l'état actuel des prisons en Belgique

P. F. J. Brogniez

Réflexions sur l'état actuel des prisons en Belgique

Réimpression inchangée de l'édition originale de 1838.

1ère édition 2024 | ISBN: 978-3-38509-274-7

Verlag (Éditeur): Outlook Verlag GmbH, Zeilweg 44, 60439 Frankfurt, Deutschland
Vertretungsberechtigt (Représentant autorisé): E. Roepke, Zeilweg 44, 60439 Frankfurt, Deutschland
Druck (Imprimerie): Libri Plureos GmbH, Friedensallee 273, 22763 Hamburg, Deutschland

RÉFLEXIONS

SUR L'ÉTAT ACTUEL DES

PRISONS EN BELGIQUE.

RÉFLEXIONS

SUR L'ÉTAT ACTUEL

DES

PRISONS EN BELGIQUE,

PAR

P.-F.-J. Brogniez,

AGENT D'AFFAIRES, EX-COMMANDANT DE LA MAISON
DE DÉTENTION MILITAIRE D'ALOST,
CHARGÉ DE LA DIRECTION DES ATELIERS DE CET ÉTABLISSEMENT, ET EN
CETTE DERNIÈRE QUALITÉ PENSIONNÉ DU GOUVERNEMENT.

Bruxelles.
FRANÇOIS, IMPRIMEUR-LIBRAIRE, ÉDITEUR,
RUE AUX LAINES, N° 9.

1838.

PRÉFACE.

Dans une brochure, intitulée *De l'état actuel des prisons en Belgique*, que j'ai publiée en 1835, je n'ai eu en vue que de présenter un exposé simple et lucide du régime actuel des prisons en ce pays. A la vérité des recueils officiels, contenant tous les arrêtés et règlements portés sur la matière, tant sous l'ancien gouvernement que sous l'administration actuelle, avaient été publiés; mais ces arrêtés étaient loin d'être restés obligatoires, les plus récents ayant souvent abrogé ou modifié ceux qui les avaient précédés, de manière que c'était un travail long et pénible que de rechercher ce qui, dans cette masse de dispositions, devait encore être suivi.

Ce travail, je l'ai entrepris, et je pense avoir atteint le but que je me suis proposé, d'épargner de fastidieuses recherches à ceux qui, par devoir ou par goût, tiennent à bien connaître le système règlementaire de nos prisons. Les commissions administratives de toutes les prisons en général y trouveront des indications utiles dont elles pourront souvent tirer parti dans l'exercice de leurs fonctions.

Aujourd'hui, je viens publier quelques observations, fruit d'une expérience de vingt années passées tant dans les bureaux de l'administration supérieure que près des détenus.

En livrant ma brochure à l'impression, je n'ai eu qu'un but : celui de provoquer l'intérêt de mes lecteurs en faveur des malheureux prisonniers. Trop heureux si mes efforts obtiennent ce résultat, qui est la seule récompense que j'ambitionne !

SYSTÈME PÉNITENTIAIRE.

Dans un ouvrage remarquable, intitulé *Des progrès et de l'état actuel de la réforme pénitentiaire*, M. Ducpétiaux, inspecteur général des prisons et des établissements de bienfaisance en Belgique, a fait connaître les divers systèmes pénitentiaires suivis aujourd'hui aux États-Unis, en Suisse, en Angleterre, en Belgique, etc.; les analyser dans cette brochure serait affaiblir ce qui a été si savamment examiné par les auteurs ou visiteurs Crawford, Mittermaier, Bérenger et autres, et par l'auteur lui-même qui a émis franchement son opinion sur chacun deux. Je renvoie donc mes lecteurs à ce bel ouvrage, qui ne peut manquer d'intéresser au plus haut degré tous les philanthropes.

Je me bornerai à déclarer que je partage en touts points l'avis de M. Ducpétiaux, qu'il n'y a véritablement de réforme possible qu'en admettant le système pénitentiaire de Philadelphie, c'est-à-dire isolement complet de jour et de nuit. En effet, dans les nombreuses réunions d'individus sous le même toit, avec la faculté de communiquer entre eux du matin au soir, les semences du du crime se développent et se multiplient comme des maladies contagieuses. Lorsqu'on examine une réunion d'hommes coupables, on est tout étonné de les entendre se donner des leçons de perversité : ils s'enrichissent mutuellement de leurs vices individuels; ils se racontent leurs exploits, les moyens qu'ils ont mis en usage pour exécuter leurs conceptions, se soustraire aux recherches de la police et au glaive des lois ; de là, des discussions savantes où chacun apporte les fruits de sa funeste expérience et de ses longues réflexions. Les plus endurcis dans le crime applaudissent à la ruse des uns, et gémissent de la simplicité des autres ; ce sont eux qui président l'assemblée, qui propagent la contagion, qui excitent la haine de leurs compagnons contre la société à laquelle ils leur font jurer une guerre implacable sous le spécieux prétexte qu'ils sont les victimes innocentes, soit des préjugés de cette société, soit des erreurs ou de l'incurie de leurs juges. De cette manière, les inclinations les moins mauvaises arrivent bientôt au dernier terme de la perversité ; il est impossible à un malheureux de se soustraire à cette fatale influence : il doit penser comme tous, s'il ne veut s'exposer aux persécutions qu'ils réservent à ceux dans le cœur desquels il reste encore quelques sentiments d'honneur, et que, pour cette raison, ils traitent de mouchards : il faut même qu'il se conforme à un langage qui leur est particulier et qui les plonge encore davantage dans l'abrutissement. On le voit, les premières larmes de repentir d'un criminel novice sont bientôt étouffées ; peu à peu il s'endurcit dans l'idée du crime, et son cœur flétri ne tarde pas à se roidir contre les lois sacrées de l'humanité.

Enfin, il résulte encore de la réunion des prisonniers, que leur esprit s'exerce sans relâche sur des plans et des moyens d'évasion ; chacun y contribue de son génie, et on conçoit aisément que les projets s'exécutent d'autant plus facilement que les efforts sont plus réunis. Dans la solitude, chaque prisonnier concevra également, il est vrai, l'idée de s'échapper ; le besoin de la liberté se fait sentir dans toutes les positions de la vie : mais, en supposant que dans les deux cas l'évasion s'effectue, quelle différence dans les conséquences !

Les premiers sortent avec des projets criminels concertés d'avance ; plus instruits, ils espèrent échapper à l'œil de la justice : leur but est donc de recommencer, ils se sont donnés à l'avance rendez-vous sur un théâtre de nouveaux exploits. Les seconds, au contraire, peuvent avoir étouffé dans leur âme les premiers élans du crime et ne désirer la liberté que pour en user convenablement. Tel est en effet l'avantage de la solitude, que tout en leur imposant un châtiment sévère, elle leur laisse encore le loisir de faire un retour sur eux-mêmes et d'écouter la voix du remord.

Que n'arriverait-il pas si on favorisait ce retour au bien, en secondant les efforts du repentir par tous les moyens puisés dans une philanthropie sage et éclairée ! On verrait au bout de quelques années la société s'épurer, et le tableau de l'humanité offrir un coup d'œil moins affligeant.

La distribution des locaux des diverses prisons de la Belgique permet-elle au gouvernement d'adopter ce système ? Malheureusement non ; l'on ne peut mettre la main à cette œuvre importante sans dépenser plusieurs millions, mieux vaudrait-il même raser toutes nos prisons et en bâtir de nouvelles.

Je pense que, pour le moment, le gouvernement n'a rien de mieux à faire que de suivre le système pénitentiaire d'Auburn, c'est-à-dire l'emprisonnement solitaire de nuit avec le travail (autant que possible silencieux) en commun pendant le jour ; l'on déracinera ainsi le vice honteux dont le nom seul révolte la pensée, la pédérastie, qui, malgré la dénégation du représentant Desmet, est très-commun dans les prisons, qui contribue pour beaucoup à la dégradation de l'homme et le plonge dans la brutalité la plus dégoûtante. Ainsi, ce sera déjà un grand pas de fait dans le nouveau système d'amélioration.

Du reste, je prie M. Eugène Desmet de se donner la peine de prendre connaissance du rapport sur l'état sanitaire de la maison de force de Gand pendant l'année 1836, adressé à l'administration supérieure des prisons par M. J. Mareska, médecin en chef de cet établissement ; rapport consigné en entier dans l'ouvrage de M. l'inspecteur général Ducpétiaux, IIIe vol., pages 317 à 338. Il se convaincra de la réalité de ce que j'avance : oui, je le répète encore, en dépit même des personnes qui se prétendent les mieux instruites, la pédérastie n'est malheureusement que trop commune dans nos prisons.

Dans son ouvrage M. Ducpétiaux a indiqué le classement général des prisons, mais il s'est trompé en ce qui concerne la destination de la maison de détention militaire d'Alost.

Tout militaire condamné à une détention quelconque, infamante ou non, par application du code pénal militaire est détenu dans cette prison; tandis que le militaire condamné à une peine infamante, par application du code pénal commun, est incarcéré avec les criminels non militaires.

Les militaires condamnés à la peine de mort par les armes pour fait d'insubordination, dont il a plu à Sa Majesté de commuer la peine capitale en celle des travaux forcés à perpétuité, subissent également leur peine à la maison de détention militaire d'Alost. Attendu que les faits commis par les condamnés dont il sagit ne sont criminels qu'aux yeux de la loi militaire, il ne leur a été infligé qu'une peine militaire; ce n'est que par suite d'arrêtés qui commuaient cette peine en celle des travaux forcés à perpétuité que la nature en a été changée, c'est donc en se reportant à la cause de la condamnation et à l'esprit de la loi en vertu de laquelle ils ont été primitivement condamnés, que les individus de l'espèce précitée sont incarcérés à Alost.

Au sujet de cette dernière catégorie de prisonniers, c'est-à-dire des militaires condamnés à mort par les armes, je me permettrai quelques réflexions sur le droit de grâce à exercer envers ces malheureux.

Un militaire est condamné à mort; recommandé à la clémence royale, sa peine lui est remise : le souverain commue la peine capitale en celle des travaux forcés. Quel est le but du chef de l'État? D'exercer un acte de miséricorde. Mais si la peine des travaux forcés est plus forte dans l'opinion que la peine de mort, loin d'être un acte de clémence, cette commutation devient une aggravation de peine. La mort militaire n'entraîne point l'infamie : le sang du coupable lave la tâche de son crime; il meurt, le silence règne sur sa tombe; l'opinion publique au contraire poursuit le forçat, elle poursuit sa famille, elle en rend pour ainsi dire solidaires tous les membres, quelque respectables, quelque honorables qu'ils soient d'ailleurs. En vain la loi prononce-t-elle que chacun répond de ses œuvres; en vain trouvons-nous au fond de la conscience des principes innés de justice éternelle; le préjugé est là qui se rit des raisonnements les plus judicieux et nous fait plier sous son joug de fer.

Qu'on ne vienne pas me dire qu'il y a des hommes doués d'une raison assez supérieure pour se soustraire à la tyrannie de ce préjugé; il me suffit, pour prouver le contraire, de poser cette simple question : Épouseriez-vous, ou laisseriez-vous vos enfants épouser la fille ou la sœur d'un forçat?

Ainsi donc, plonger dans les fers celui que les lois ont dévoué à la mort, c'est aller contre le but même du droit sacré de faire grâce, c'est forcer le malheureux, qui préfère la mort à l'infamie, à maudire la main auguste qui l'arrache au trépas, à traiter de barbare une autorité paternelle, à demander si, frappé par la loi, on a le droit de lui imposer la condition d'exister, lorsque cette condition n'a d'autre résultat que de marquer le malheureux gracié d'une tâche indélibile qui le sépare à jamais de ses concitoyens.

En parlant de la prison d'Alost, je dirai que je l'ai habitée pendant trois ans, et que, sous aucun rapport, elle ne convient à sa destination. Toutes les sommes qui ont été dépensées et que l'on dépense encore pour son appropriation sont en pure perte; j'en fournirai au besoin des preuves évidentes, si l'on daigne m'y admettre.

La maison de correction de Saint-Bernard est affectée aux détenus correctionnels; elle ne convient pas plus que celle d'Alost à sa destination. Cette prison est d'une humidité extrême, occasionnée par le cours de l'Escaut qui en est à une distance fort rapprochée; de là vient que l'air est presque constamment chargé d'émanations morbides. Les détenus correctionnels qui y séjournent sont par conséquent plus mal traités que ne le sont les forçats à Gand : ils courent la chance d'y contracter, par l'action d'une atmosphère méphitique, toutes sortes de maladies et surtout des douleurs musculaires qui peuvent les rendre perclus pendant le reste de leur vie. Il est donc à regretter que la suppression de cet établissement, proposée par M. l'inspecteur général des prisons, n'ait point été acceptée. Espérons que le gouvernement, mieux éclairé, reviendra sur sa détermination.

Les deux tableaux ci-après, dressés pour les années 1825 et 1826, mettront nos lecteurs à même de juger de la salubrité de cette prison.

1825.

MOIS.	POPULATION MOYENNE DE LA MAISON.	NOMBRE MOYEN DE MALADES.	MORTS.	FIÈVRE NERVEUSE.	FIÈVRE NERVEUSE PUTRIDE.	ÉTISIE PULMONAIRE.	FIÈVRE CATARRHALE NERVEUSE.	FIÈVRE ÉTIQUE	ASTHME CHRONIQUE.	VIEILLESSE.	APOPLEXIE.	CONVULSIONS.	OBSERVATIONS.
Janvier. . .	1,371	110	10	1	4	4		1	»	»	»	»	Dans le nombre des malades ne sont pas compris les galeux et ceux qui vont prendre des médicaments à la pharmacie.
Février. . .	1,351	112	4	»		1	3	»	»	»	»	»	
Mars. . .	1,339	98	7	2	1	»		1	2	»	»	1	
Avril. . . .	1,371	90	6	1	1	1		2	»	1	»	»	
Mai.. . .	1,380	77	5	1		1		2	1	»	»	»	
Juin. .	1,376	59	5	»	3	1		»		1	»	»	Le nombre de ces derniers est de 15 à 20 par jour.
Juillet. .	1,387	69	5	»	1	1		1	1	»	»	1	
Août. . .	1,407	88	5	2	2	»		1	»	»	»	»	
Septembre.	1,284	94	5	2	1	»		2	»	»	»	»	
Octobre. . .	1,272	96	7	1	2	»		1	1	1	»	1	
Novembre .	1,303	90	5	1		1	2	1	»	»	»	»	
Décembre .	1,328	66	8	2		2		4	»	»	»	»	
TOTAUX. .	16,169	1,049	72	13	15	12	5	16	5	3	»	3	

1826.

MOIS.	POPULATION MOYENNE DE LA MAISON.	NOMBRE MOYEN DE MALADES.	MORTS.	FIÈVRE NERVEUSE.	FIÈVRE NERVEUSE PUTRIDE.	ÉTISIE PULMONAIRE.	FIÈVRE CATARRHALE NERVEUSE.	FIÈVRE ÉTIQUE.	ASTHME CHRONIQUE.	VIEILLESSE.	CONVULSIONS.	APOPLEXIE.	HYDROPISIE.	OBSERVATIONS.
Janvier. . .	1,351	77	8	1	1	»	1	2	1	1	1	»	»	Dans le nombre des malades ne sont pas compris les galeux et ceux qui vont prendre des médicaments à la pharmacie.
Février. . .	1,375	94	4	1		»		2	»	»	»	1	»	
Mars. . .	1,382	99	3	»		»		1	1	1	»	»	»	
Avril. . .	1,366	89	13	2	1	3		3	2	1	»	1	»	
Mai. .	1,347	83	4	»		1		1	1	»	1	»	»	
Juin. . . .	1,361	66	2	1	1	»		»	»	»	»	»	»	Le nombre de ces derniers est de 15 à 20 par jour.
Juillet. . .	1,395	52	2	1	1	»		»	»	»	»	»	»	
Août. . . .	1,418	90	6	3		1		»	»	2	»	»	»	
Septembre.	1,420	103	4	»		1		1	»	»	»	»	»	
Octobre . .	1,419	90	6	1		1		1	1	»	1	1	»	
Novembre .	1,431	78	7	»				5	1	1	»	»	»	
Décembre .	1,429	72	5	»		2		1	»	1	»	»	1	
TOTAUX. .	16,694	993	64	10	6	9	1	17	7	7	3	3	1	

Toutes les maisons de sûreté civiles et militaires, à l'exception de celle de Liége, sont dans un état convenable et répondent au but que l'on a voulu atteindre en les établissant. Mais je ne puis passer sous silence les prisons de Liége ; je dois faire connaître, à la honte de l'ex-gouvernement, dans quel état je les ai trouvées, lorsqu'il a plu à M. le ministre de l'intérieur, par son arrêté du 24 décembre 1831, de me charger de les visiter.

Dans mes tournées dans les trois prisons de cette ville, je les ai trouvées horriblement sales. J'ai vu 1° dans la prison des femmes au palais, des prisonniers militaires et civils qui étaient dans les corridors pêle mêle avec les femmes ;

2° Beaucoup de femmes publiques attaquées de maladies vénériennes qui étaient entretenues par la ville dans la prison ;

3° Des femmes qui, n'étant ni prévenues ni condamnées, étaient entretenues par la commission de charité de Liége, et qui allaient se promener en ville lorsqu'il leur en prenait envie ;

4° Des folles qui inspiraient le plus grand intérêt ;

5° Des enfants non condamnés et cependant âgés de 8, 9, 11 et 13 ans qui partagaient la captivité de leur mère. Il existait également à la prison des femmes une saleté révoltante : les paillasses étaient remplies de vermine, les bois de lits de punaises; dans les prisons des hommes, les détenus étaient aussi rongés de vermine, ceux qui s'y trouvaient m'ont avoué le fait et m'ont demandé qu'on apportât bientôt du soulagement à leur position. Hommes et femmes, dans ces prisons, avaient généralement mauvaise mine. Les lits n'étaient pas faits; les chemises sales, les torchons, les gamelles, etc., étaient étalés sur les lits; en un mot, cela faisait pitié. J'ai déjà visité beaucoup de prisons, je n'en ai jamais vu où il régnât un semblable désordre et où se fît remarquer une malpropreté aussi repoussante. Les gardiens mêmes n'avaient pas le courage de faire leur lit, ni d'arranger leurs chambres qui étaient aussi sales que celles des détenus.

L'administration supérieure ayant reconnu l'exactitude du rapport que je lui avais adressé à ce sujet, a remédié autant qu'il était en son pouvoir aux abus que je lui avais signalés; mais il reste encore beaucoup à faire. M. le ministre de la justice est convenu lui-même vis-à-vis des chambres que *depuis longtemps* l'on a reconnu la nécessité de construire une nouvelle prison qui serait destinée à remplacer les maisons d'arrêt et de justice pour hommes dites de Saint-Léonard et la prison des femmes au palais, celles qui existent aujourd'hui étant dans un état déplorable. Dans l'intérêt de l'humanité, de la sécurité de la société et de la pureté des mœurs, je ne forme aucun doute que les chambres législatives ne s'empressent à voter une allocation des fonds qui leur seront demandés pour la construction de cette nouvelle prison. Comme l'a fait remarquer judicieusement M. Andries, député de la Flandre-Orientale, lors de la discussion de budjet du ministère de la justice pour l'année 1838, plutôt que de voter des millions pour bâtir un palais de justice, quand nous en possédons un qui a suffi jusqu'à ce jour, je les emploierais à construire de bonnes et saines prisons pour ceux que la justice a frappés, et qui, à défaut d'argent de la part du gouvernement pour améliorer l'intérieur des prisons, en sortent plus mauvais qu'ils n'y étaient entrés.

Quant aux maisons d'arrêt, elles laissent beaucoup à désirer; la majeure partie tombent de vétusté, les autres ne peuvent convenir à leur destination. Dans cette dernière classe se trouvent celles de Tongres et de Verviers. Entreprendre l'énumération des abus auxquels leur construction a déjà donné naissance, serait entrer dans un dédale d'où je ne pourrais sortir. L'administration supérieure des prisons s'occupe activement de leur amélioration, de les rendre même par la suite, s'il est possible, propres à leur destination; laissons la suivre la route qu'elle s'est tracée, elle parviendra à son but, si l'on n'apporte pas d'entraves dans sa marche.

Lors de la discussion de son budget, M. le ministre de la justice a fait connaître qu'en général les constructions qui s'exécutent dans les prisons étaient très-bien surveillées : j'en conviens; mais en est-il de même de leur direction? Je réponds non. Un arrêté royal du 18 février 1833 statue que les projets de construction à exécuter dans les diverses prisons seront rédigés par les ingénieurs des ponts et chaussées, qui recevront à cet égard des instructions par l'intermédiaire des gouverneurs. L'on voit rarement, je dirai même presque jamais, ces messieurs. Pendant mon séjour à Alost, l'on a adopté des plans de construction sans consulter l'administration des ponts et chaussées; les travaux importants qui ont été commencés sous ma surveillance particulière, l'ont été sans le concours de cette administration; ces mêmes travaux que l'on achève aujourd'hui, non-seulement n'ont point été indiqués par elle, mais n'ont pas même encore reçu son approbation.

Du reste, je ne vois aucun inconvénient à cet état de choses, car généralement l'administration des ponts et chaussées, pour sa réputation, n'adopte que des plans de constructions, conformes en tout aux principes de l'architecture, mais souvent contraires aux besoins réels des établissements; ce qui est un vice dans une prison, où l'on ne doit jamais perdre de vue qu'il est essentiel, dans bien des circonstances, de faire le sacrifice de certains principes de l'art aux avantages que l'on retire d'une légère concession. Pour bien connaître les besoins d'une prison, il faut l'avoir habitée, il faut en étudier les avantages et les incommodités.

D'accord avec M. Ducpétiaux, je dirai que c'est du bon choix des employés que dépend essentiellement le succès d'un pénitencier; il en est comme de la machine la mieux construite qui peut, à tout instant, être arrêtée dans sa marche, éprouver des perturbations dont les suites sont incalculables, si les ouvriers qui doivent en surveiller le jeu manquent d'adresse, s'ils sont négligents, s'ils s'endorment lorsqu'il faudrait agir. Ayez le pénitencier le mieux approprié à son but, dont l'organisation ne laisse rien à désirer, dont le règlement ait prévu les moindres détails, si vos employés ne sont que de simples mercenaires sans éducation, dépourvus de tact, de fermeté tempérée par la douceur, du dévouement consciencieux et du zèle que peut inspirer la religion, votre pénitencier ne sera qu'une prison ordinaire, vous n'aurez que de grossiers porte-clefs.

L'on ne doit donc placer à la tête de toutes les prisons en général que des hommes absolument capables; en agissant ainsi, l'on améliorera le service intérieur, et l'on secondera les vues bienfaisantes de l'administration supérieure. Le but de l'emprisonnement doit être généralement l'amendement de celui que la justice a privé de sa liberté; ce n'est pas en mettant un simple gardien pour chef d'une prison qu'on atteindra ce que la loi et surtout l'humanité exigent.

Le chef d'établissements pareils doit être nécessairement humain, instruit et probe; c'est un fonctionnaire auquel on confie le bonheur à venir de ses semblables, tout dépend de l'usage qu'il saura faire de sa position. Si, d'un côté, il faut exiger beaucoup de ce fonctionnaire, il est, d'un autre côté, juste qu'il soit traité d'après son mérite. Certes, personne ne peut avoir plus de droits à l'estime et à la reconnaissance publique, que celui qui consacre toute son existence au bien-être de son semblable.

Le directeur d'une prison doit faire tous les jours ou au moins tous les deux jours, en divisant le nombre par moitié, s'il est considérable, une visite à ses prisonniers et causer avec chacun d'eux. Sa conversation douce et consolante doit leur inspirer de la confiance, et son énergie, unie à une patience que rien ne saurait altérer, doit présenter aux plus mutins une digue contre laquelle tous leurs efforts doivent venir se briser. Il en résultera qu'il se fera aimer de tous, et qu'ils attendront sa visite comme la première et la plus grande jouissance de la journée. C'est en général un besoin de s'épancher : la plupart des criminels lui feront des aveux qui mettront à nu leurs caractères; il s'insinuera adroitement dans ceux des autres, et bientôt il sera éclairé sur l'intelligence et les penchants de tous. Alors il les divisera en deux classes : dans la première se trouveront les hommes dont les facultés intellectuelles offrent des ressources susceptibles d'être cultivées; dans la seconde, ceux auxquels la nature a refusé ces facultés et pour lesquels on ne pourrait employer avec autant de succès le secours de l'éducation.

Quant aux autres employés, c'est-à-dire quant à tous ceux qui, dans les grades inférieurs de portiers, gardiens, etc., agissent sous les ordres des commandants, je partage encore l'opinion de M. Ducpétiaux: on se trouvera souvent arrêté dans leur choix. Comment attendre en effet d'hommes qui ont en général peu d'éducation et qui reçoivent un modique salaire, le dévouement, le zèle et toutes les vertus dont le concours est si indispensable pour accomplir l'œuvre réformatrice à laquelle ils sont appelés à participer.

Malheureusement, dans le personnel d'une grande maison de détention il y aura presque toujours des froissements d'intérêts particuliers, des abus d'autorité et des amours-propres blessés; il est bien rare que le commandant soit d'accord avec le directeur des travaux, la commission administrative avec ces deux fonctionnaires, les médecins avec le pharmacien, les gardiens avec le gardien en chef, l'aumônier avec tous les employés réunis, de sorte qu'il existe, dans l'administration d'une maison centrale, une désunion dont les détenus profitent souvent pour être exigeants ou indisciplinés. L'effet que produit ce fâcheux état de choses est très-nuisible à l'amélioration du régime intérieur des prisons; car, pour parvenir à faire le bien, il faudrait au contraire une union parfaite entre tous les employés de l'administration. Dans une prison, tout doit se lier étroitement, tous les efforts doivent tendre à un but unique : améliorer le moral des prisonniers et les faire renoncer aux vices honteux qui ont provoqué leur condamnation et leur captivité.

Une de nos prisons centrales offre, depuis son origine, ce spectacle affligeant de désunion.

L'unité dans le service de l'administration de chaque établissement serait une des conséquences du nouvel ordre de choses : appelés à participer à une œuvre plus généreuse, plus élévée, des employés aptes et intelligents se présenteraient pour occuper les places que dédaignent aujourd'hui les hommes médiocres et prévenus.

De quelle manière est composé le personnel de nos prisons? Dans les maisons centrales, l'on a éliminé des capacités, sans forme ni procès, sans se donner même la peine de les entendre sur les plaintes portées à leur charge; et ce, pour faire place à des nullités complètes, qui n'ont pour tout mérite que leur présomption et le bonheur d'appartenir à des personnes jouissant d'une grande faveur près de hauts fonctionnaires.

Dans les maisons d'arrêt, c'est encore pis; la majeure partie des employés y attachés font preuve journellement de la plus crasse ignorance. Il en existe qui savent à peine épeler, à qui j'ai appris moi-même à écrire leurs noms; d'autres qui se croient de grands personnages parce qu'un arrêté royal leur permet de porter un habit brodé, qui se donnent de l'importance par des rapports privés de discernement et dont la conduite est loin d'être à l'abri de tout reproche : j'en connais particulièrement un de cette catégorie. Voici mot à mot ce qu'il me mandait dans un rapport qu'il m'adressait lorsqu'il se trouvait sous mes ordres. Je ne change rien au style ni à l'ortographe.

« D... qui cest trouvee au cachot pour huit jours vien de cest per-
» maitre de getaire la soupe à la figure de l'albardier et luit
» avoire getaie une ponie de saeble mouille parmie le corps,
» monsieur les membre qui cest trouvai present dan le moment
» ordonne à ce que M. le commendent fase un rapport a la comi-
» siont du fait qui cest passé et qu'il soit punie du maximome (1) ».

(1) Cette pièce est écrite et signée par son auteur; elle est en ma possession, à la disposition de ceux qui désireraient voir par eux-mêmes ce chef-d'œuvre de littérature moderne.

Je le demande franchement à mes lecteurs : à quoi un tel employé est-il bon ? A être un mauvais porte-clefs. Eh bien ! le ministre de la justice en a jugé tout autrement ! il lui a confié la direction de la maison d'arrêt la plus importante du royaume, à l'exclusion de vingt autres candidats qui avaient plus de droits et de capacités que lui. Encouragé sans doute par ce haut succès, le même personnage s'est mis dernièrement sur les rangs pour obtenir la place de commandant de la maison de force de Gand.

Quant au personnel des maisons de sûreté civiles et militaires, il est, à peu d'exceptions près, bien composé ; on lui doit même des éloges.

Je citerai entre autres celui de Bruxelles. On doit au directeur actuel, M. Stevens, la justice de dire qu'il cherche à adoucir, autant qu'il est en lui, la sévérité des règlements de police de son établissement. Comme homme, il a aussi rendu et rend encore beaucoup de services aux malheureux. En bien des circonstances, il sacrifie même ses intérêts pécuniaires en faveur de ceux qu'il croit dignes d'en profiter.

Ce même directeur, quittant la douceur de son caractère, devient ferme et même sévère lorsqu'il s'agit de réprimer des désordres dans sa maison et de maintenir les mauvais sujets que l'on rencontre dans son établissement comme partout ailleurs, c'est un service que le directeur rend aux gens honnêtes et rangés dont il assure la tranquillité. Je ne pousserai pas plus loin des éloges mérités ; M. Stevens connaît ses devoirs, il les remplit avec probité et humanité.

Les autres employés, recevant l'impulsion de leur chef, remplissent leurs fonctions comme ils le doivent. Je dois toutefois en excepter Mme Bataille, se disant directrice du quartier des femmes, et qui n'est cependant autre chose qu'un porte-clefs femelle. En effet, que dit l'arrêté royal du 15 octobre 1835 : « Il y aura une surveillante » pour les femmes détenues à la maison de sûreté civile et militaire » de Bruxelles, qui jouira d'un traitement de fr. 600 et des émolu- » ments accordés aux gardiens de première classe. » C'est donc à tort que cette femme s'enorgueillit d'un titre qui ne lui appartient pas et qu'elle se permet de chercher à contrarier les vues bienfaisantes de celui à qui elle doit obéir en toute circonstance.

L'arrêté royal du 15 octobre 1835 établit l'organisation et

les traitements du personnel de cette prison. A peine était-il rendu, qu'on lui fit subir des modifications. Je prouve ce que j'avance :

L'article premier de cet arrêté porte que le traitement du directeur est fixé à fr. 2,200. Le directeur actuel n'en touche que fr. 2,000.

2° Que le traitement des cinq gardiens de 2e classe est fixé à fr. 485. Ils touchent en ce moment fr. 490.

3° Que la surveillante des femmes détenues jouira d'un traitement de fr. 600. Le porte-clefs femelle, madame Bataille, se disant directrice, reçoit annuellement fr. 700.

L'art. 3 de cet arrêté porte qu'une indemnité, dont le taux sera déterminé par le ministre de la justice, pourra être accordée au directeur, du chef de la surveillance spéciale qu'il sera tenu d'exercer sur cette branche du service. M. Stevens, chef de cet établissement, qu'a-t-il reçu jusqu'à ce jour? Deux cents francs pour les années 1836 et 1837 ; par conséquent fr. 100, par an. C'est beau! c'est sublime! comparativement aux bénéfices que le gouvernement retire de cette cantine. Si l'administration supérieure des prisons, ainsi que le gouvernement, veulent la marche régulière du service et par suite l'amendement des prisonniers, qu'elle rétribue convenablement ses employés et qu'elle ne se contente pas d'accorder au seul commis responsable, devant travailler assidûment depuis 7 heures du matin jusqu'à 8 heures du soir, quelquefois pendant la nuit, un traitement annuel de fr. 1,200, sans émoluments.

Il est de principe que les commandants dans les maisons de détention, les directeurs dans les autres prisons subalternes, sont seuls responsables de ce qui peut se passer de contraire à l'ordre et à la discipline des établissements qui leur sont confiés du fait même des gardiens que l'on doit regarder en tout temps comme leurs agents ; dès lors, il me paraît qu'il serait équitable de les laisser maîtres du choix de cette classe d'employés, de leur accorder même le droit exclusif de les nommer et par conséquent de les renvoyer.

Un arrêté royal, en date du 26 novembre 1827, donne à la vérité aux commandants des prisons pour peines le pouvoir de présenter, en cas de vacance, par l'intermédiaire des commissions administratives, des candidats pour les places de gardiens dans les établissements sous leurs ordres; mais cela ne suffit pas, ce pouvoir n'est pas assez absolu. Par le même arrêté, les commissions administratives sont appelées à donner leur avis, le gouverneur nomme. L'on peut donc éliminer le candidat présenté par le commandant et le forcer ainsi à mettre sa confiance dans un homme qu'il ne connaît pas et qui ne lui conviendra peut-être sous aucun rapport; cela est mauvais, du moins dans mon opinion.

M. Lagarmitte, avocat, l'un de ceux à qui nous devons la traduction de l'ouvrage du docteur Julius, a consigné dans la revue germanique quelques passages de ce savant philanthrope. L'intérêt qu'ils renferment nous a déterminé à les citer au moins en parties; il s'agit des devoirs de l'aumônier des prisons.

« Élevé dans l'ignorance et la brutalité, formé au crime par
» des hommes qui ont vieilli dans cette carrière, le malfaiteur, dès
» l'instant où il s'est senti les forces de l'âge mur, les a employées
» à combiner et à exécuter ses forfaits. Aussi, la loi a exigé une
» juste expiation et ne s'est encore montrée à lui que dans sa
» colère; il est temps désormais d'essayer sur lui, comme il y a dix-
» huit siècles le sauveur l'essaya sur le publicain pécheur, la grâce
» libératrice de la rédemption, la force vivifiante et victorieuse
» de la parole de Dieu, devenue depuis si longtemps étrangère à ses
» sens et à son âme. L'esprit de confiance en l'Éternel, de dévouement,
» d'humilité, de contrition, mais aussi l'esprit de paix profonde
» et de charité qui anime toute la prison, doivent s'identifier aux
» yeux du nouveau venu dans la personne de l'ecclésiastique. C'est
» à ce dernier qu'il appartient de réveiller cette étincelle de
» piété et d'espérance, dont le feu sacré ne s'éteint jamais entiè-
» rement dans une âme humaine; c'est à lui d'amollir ce cœur que
» le vice, souvent aussi le malheur et l'abandon universel; ont
» rempli de méfiance et de fiel; d'ouvrir les yeux du criminel
» sur la profondeur de l'abîme où il s'est laissé entraîner; de lui
» enseigner les moyens de purifier son cœur par le repentir, tout
» en le fortifiant par l'espérance; de lui apprendre toute l'étendue
» de ses forces qu'il a trop longtemps méconnues, et la facilité
» avec laquelle elles pourraient l'élever au bien et le maintenir

» dans cette noble carrière. Aussi, peut-on dire avec le comité de
» la société anglaise des prisons, qu'il existe peu de positions
» sociales aussi noblement utiles que celle d'un aumônier de
» prison. »

Le docteur Julius veut que l'aumônier s'entretienne sans témoins avec les prisonniers, et il désire voir dans ces entretiens, non l'esprit sévère d'un instituteur qui exécute un ordre, mais l'affectueuse bienveillance d'un ami. Avec un pareil système, la religion ne sera plus pour lui un devoir pénible; et la présence de l'ecclésiastique dans sa prison, au lieu de lui être importune, viendra répandre dans son âme un baume consolateur. Le grand secret est de savoir gagner la confiance des hommes vicieux; et si le zèle, les soins paternels de l'aumônier à l'égard des détenus méritent nos éloges et notre reconnaissance, quelle doit être aussi notre indignation à la seule idée d'abandonner à lui-même le criminel et de lui fermer toutes les voies qui pourraient seconder son repentir!

« Inébranlable à la vue du profond abîme de dépravation qui
» est ouvert devant ses yeux, l'ecclésiatique, dit Julius, doit voir
» d'un œil calme des hommes qui ont appris à blasphêmer, mais
» qui n'ont pas appris à prier; qui jurent par le nom de la divinité,
» sans croire à son existence. Il doit leur apprendre à la recon-
» naître et à la craindre, mais aussi à l'aimer et à l'implorer,
» sans se perdre dans la stérilité d'une morale dépourvue de foi
» et de vie, et sans se plonger dans l'obscure profondeur d'une
» exaltation tout aussi infructueuse. Posant un pied ferme sur la
» terre et tournant vers le ciel un œil plein de foi, il doit tendre
» un bras fort à ses frères enfoncés dans l'abîme, les élever jusqu'à
» lui et les remplir d'une confiance inébranlable en cette desti-
» nation placée au-dessus de tous les biens de la terre, dont le
» bienfait n'est réservé qu'à ceux qui s'y abandonnent de tout
» leur cœur, de tout leur esprit et de toutes leurs pensées. »

Ces seuls passages donnent une idée si haute du reste de l'ouvrage du docteur Julius, que nous ne pouvons qu'applaudir M. Lagarmitte du projet qu'il a conçu de reproduire dans notre langue des idées aussi nobles et aussi philanthropiques. Un travail qui a pour but la régénération d'une classe frappée de réprobation par la société, en introduisant dans le cœur des malheureux prisonniers des germes de vertu, étouffés jusqu'alors par l'insouciance et le désespoir, ne peut à coup sûr qu'intéresser vivement les amis de l'humanité.

Pour bien connaître les abus et les vexations qui augmentent le malheur des prisonniers, il faut avoir habité soi-même ces lieux de douleur et d'ennui ; il faut, pour apprécier toutes les privations que supportent les détenus, avoir une parfaite connaissance des tracasseries de mille espèces dont ils sont abreuvés. L'homme libre ne peut se faire une juste idée des souffrances multipliées qui accablent le prisonnier, surtout lorsqu'il n'est que prévenu. Ainsi, c'est dans le moment où la tranquillité d'esprit nécessaire à sa défense lui est le plus indispensable qu'il est le plus maltraité. N'est-ce donc pas une grande iniquité que de punir par anticipation un homme qui n'est pas reconnu coupable et qui souvent est victime de soupçons ou de calomnies injustes? Et, en supposant même sa culpabilité, le temps qu'il aura passé en attendant son jugement ne comptera pas sur celui qu'il sera condamné à faire lorsque la justice aura prononcé son arrêt! comment peut-on excuser cette inconcevable mesure? Pourquoi les prévenus sont-ils plus mal encore que les condamnés? De quel droit punir des hommes d'une faute dont ils sont peut-être innocents? Nous le demandons aux plus zélés partisans de l'emprisonnement préalable, pourraient-ils justifier un abus aussi déplorable.

L'art. 611 du code d'instruction criminelle porte : « Le juge » d'instruction est tenu de visiter, au moins une fois le mois, les » personnes retenues dans la maison d'arrêt de l'arrondissement. » Cette disposition est très-sage : elle n'a pas seulement pour but de garantir le détenu de toutes espèces d'abus ou de vexations, de s'assurer de la salubrité des lieux occupés par lui, et de lui donner les moyens de faire entendre ses plaintes; mais elle a encore en vue de donner au juge d'instruction les moyens d'apprécier le caractère et la moralité du prisonnier dans la conversation duquel il lui est souvent facile de puiser les preuves de son innocence ou de sa culpabilité. Un juge d'instruction, dont l'opinion doit influer si puissamment sur la décision de la chambre du conseil, ne doit pas, s'il veut éviter des erreurs et des préventions funestes, se borner à consulter un papier muet; c'est sur le front de l'accusé, c'est dans ses regards qu'il doit chercher à pénétrer les secrets de son âme.

MM. les juges d'instruction remplissent-ils exactement les obligations que l'art. 611 leur impose? Généralement non; on les voit bien peu dans les prisons, et presque jamais pour les visiter dans le sens voulu par cet article.

Cet objet, je pense, mérite l'attention de MM. les procureurs généraux près les cours d'appel.

Un arrêté royal du 4 novembre 1821 établit près de chaque prison une commission administrative et en fixe les attributions. Ces attributions sont très-étendues et demandent de la part de ceux qui les exercent, non-seulement beaucoup de connaissances spéciales et de dévouement, mais encore une assiduité que l'on rencontre bien peu dans l'exercice des fonctions gratuites.

Un autre arrêté du 4 décembre 1835 établit, en faveur des condamnés libérés, un patronage bienveillant qui les protége à leur sortie de prison et préside à leur rentrée dans la société. Ce patronage officieux et bienveillant ne pouvait être mieux confié qu'aux commissions administratives des prisons, cette nouvelle charge étant en rapport avec les fonctions qu'ils exerçaient déjà en vertu de l'arrêté du 4 novembre 1821.

Mais les attributions de ces différentes commissions administratives se trouvent par là presques doublées; il est donc nécessaire, indispensable même; que les membres qui les composent soient choisis parmi les citoyens connus par leur caractère philanthropique et autant que possible en dehors de fonctions publiques qui peuvent les éloigner à chaque instant de leur résidence. Le gouvernement en agit tout autrement: il les choisit parmi les membres du sénat, de la chambre des représentants, des cours et des tribunaux; il en existe malheureusement aujourd'hui plusieurs qui n'habitent pas même la province où siége la commission dont ils sont membres. J'en connais un, M. Eugène Desmet, député de la Flandre-Orientale, qui est en même temps vice-président de la commission administrative de la maison de détention d'Alost (1). Eh bien! ce fonctionnaire habite la ville de Bruxelles (Boulevard du Jardin botanique, n° 27), depuis le 2 mai 1833, époque à laquelle il a été révoqué de ses fonctions de commissaire du district d'Alost.

(1) Le gouverneur de la province est président de droit, en vertu de l'arrêté du 4 novembre 1821.

Il ne va que bien rarement dans cette dernière ville, encore ne se rend-il pas toujours dans la prison. Quant à moi, pendant les trois années environ que j'y ai été employé, je ne l'ai pas vu quatre fois siéger à la commission; cela fait une fois sur huit ou neuf mois, ce n'est pas trop. Avec de tels philanthropes, l'administration supérieure peut espérer de grandes améliorations dans notre système pénitentiaire.

Si M. Desmet, tout vain de son titre de vice-président, n'était qu'un membre inutile ou une sinécure, comme il y en a tant dans nos administrations, ce ne serait encore qu'un mince inconvénient; mais, lorsqu'après un long espace de temps le hasard l'appelle à Alost et qu'alors il daigne présider, ignorant ce qu'il s'est passé pendant six mois, il ne peut rien approfondir, il raisonne et décide sans connaissance de cause, de sorte que les malheureux détenus, plus encore que les employés, sont victimes de sa négligence à remplir ses fonctions et de son ignorance complète sur la matière.

Dans ma première brochure, je pense avoir suffisamment réfuté ce qu'il a avancé, en janvier 1835, pour signaler des abus existants dans diverses branches du service des prisons (qu'il ne connait pas). Je me bornerai donc à combattre ce qu'il a dit dans les séances des 2 et 6 décembre 1837, lors de la discussion du budget de 1838.

M. Desmet, en attaquant le système cellulaire que l'on se propose d'introduire successivement dans toutes nos prisons, a prétendu qu'il était d'origine américaine. Première erreur; c'est en Belgique qu'il a pris naissance et qu'il a recu ses premières applications.

Dans la maison centrale de Gand, construite en 1772, chaque détenu avait sa cellule; il en existait à cette époque 606, savoir :

534	de	7 pieds de long	sur	5 1/2	de large.
8	de	16	sur	12	
64	de	10 1/2	sur	8 3/4	

M. Desmet a également dit que les détenus dans nos prisons y dépensaient très-souvent tout le gain de leurs travaux, lequel au moment de libération leur serait d'une grande ressource. Seconde erreur. Je lui répondrai, de même que je l'ai fait dans ma première brochure, que chaque détenu a une masse de sortie ; que, ne pouvant y toucher pendant toute la durée de sa détention, il s'ensuit nécessairement qu'il ne peut la dépenser à la cantine : il ne peut donc toucher qu'à son denier de poche qui est divisé de la manière suivante : il est accordé savoir :

1° Aux condamnés correctionnels, tant militaires que civils, après déduction des 5/10 réservés sur le prix de leur travail au profit du trésor pour denier de poche, 2 1/2 /5 de l'excédent, et une part égale pour leur masse de sortie.

2° Aux condamnés à la réclusion et aux militaires détenus dans une maison de détention militaire, après déduction des 6/10 réservés sur le prix de leur travail au profit du trésor, 3/5 de l'excédent pour denier de poche et 2/5 pour leur masse de sortie.

3° Aux condamnés aux travaux forcés et aux militaires qui ne peuvent être réhabilités, après déduction des 7/10 au profit de l'État, 35 de l'excédent pour denier de poche, et 2/5 pour leur masse de sortie.

M. le ministre de la justice a dit avec beaucoup de raison que, quand les détenus font des travaux de fatigue, il serait bien dur qu'avec leur argent ils ne puissent se rendre à la cantine pour prendre quelque nourriture plus substantielle que leur ordinaire. M. le vice-président Desmet a répondu que M. le ministre devait savoir que, lorsque les détenus sont obligés de faire des travaux laborieux pour le service de la prison, on leur donne alors plus de nourriture.

Troisième erreur. Je dirai à mon tour à M. le vice-président que ce qu'il avance n'existe pas et ne peut exister. Car, si les travaux laborieux dont il parle n'ont point été prévus avant la distribution des vivres, l'on ne peut leur donner plus de nourriture que celle prescrite par les règlements, autrement les autres détenus devraient la recevoir en moins : si, au contraire, ils ont été prévus, l'on ne peut encore le faire, puis qu'alors l'état des vivres ne cadrerait plus avec celui qui constate le nombre des prisonniers.

Si le gouvernement tient à ce que M. Desmet continue à faire partie d'une commission administrative des prisons, si ses connaissances spéciales dans la partie lui sont d'une utilité absolue, bien ! alors qu'on le place à Bruxelles, et qu'on ne lui laisse pas plus longtemps la vice-présidence de la commission d'Alost, car c'est en tous points contraire à l'esprit de l'arrêté organique des prisons.

Revenant à l'arrêté du 4 décembre 1835, sur le patronage des détenus libérés, je dirai que les mesures qu'il contient deviendront efficaces pour ceux qui, pendant leur séjour en prison, seront parvenus, au moyen d'un travail quelconque, à faire des économies qui les mettront à même de se rendre dans le lieu qu'ils auront choisi pour résidence, et où ils pourront attendre, sans crainte de manquer des premières nécessités de la vie, qu'on leur ait procuré du travail.

Mais que deviendront ceux qui, pour cause d'infirmités, de maladies ou de tout autre motif, n'auront pu se procurer de quoi faire face à leurs premiers besoins, à leur frais de route, par exemple? De quelle manière les jeunes libérés, qui n'auront été soumis pendant leur détention qu'à des travaux d'apprentissage, pourront-ils parvenir au lieu de leur destination? L'arrêté du 4 décembre 1835 n'en parle pas, et l'administration supérieure n'a encore adopté aucune disposition à l'égard de ces deux classes de condamnés libérés. Cependant cet objet mérite, sous tous les rapports, de fixer son attention, les intérêts de la société; demandent des mesures bienfaisantes et promptes pour eux, le repos des familles les réclame.

L'on ne saurait assez engager les commissions administratives à éviter, autant que possible, les rassemblements, c'est-à-dire que beaucoup de détenus choisissent un même lieu de résidence. Car, exaspérés de la réprobation dont ils sont l'objet, repoussés pour ainsi dire de tout le monde, ils sont abandonnés à eux-mêmes; dès-lors, entraînés par l'esprit de violence et d'amertume qu'ils ont puisé dans une longue captivité, ils saisissent avec avidité toutes les occasions de vols qui leur facilitent les moyens de se livrer encore au malheureux penchant qui les porte au désordre, penchant qui les a conduits en prison et que leur détention n'a fait qu'accroître et exciter.

Il serait donc avantageux que l'action de la police locale s'étendît davantage sur les détenus libérés, surtout dans les grandes villes, telles que Bruxelles, Gand, Liége, Anvers, etc.; et que l'on éloignât dans les vingt-quatre heures, tout individu qui, étant même muni de passeport, ne pourrait pas, dans ce délai, justifier de ses moyens d'existence; que l'on procédât enfin à une espèce de recensement des ouvriers sans travail et que l'on se hâtât de les occuper. Car il est évident que les grandes villes sont le réceptacle de tous les vices ; elles sont le rendez-vous des fainéants, des libertins et des voleurs. C'est là principalement qu'ils trouvent de faciles occasions de vivre aux dépens du public, de cacher leur opprobre, leur infâme conduite, leurs viles passions, et d'exercer avec plus de sécurité leurs funestes talents. C'est de ce cloaque impur de la société que sortent presque tous les brigands qui l'épouvantent par leurs forfaits. Ce qu'il y a de plus malheureux encore, c'est que ces misérables, se mariant entre eux, ont des enfants qui sont les dignes successeurs de leurs pères. Ces enfants, formés de bonne heure par leurs leçons et encouragés par leurs exemples, débutent jeunes dans la carrière du crime et la suivent jusqu'au tombeau.

Ils commencent en général leur apprentissage, dans cet honorable métier, à l'âge de huit ou neuf ans et quelquefois même plus tôt. Leurs premiers essais se bornent d'abord à voler avec adresse sur les boutiques des couteaux, des ciseaux, ou tout autre objet de peu de valeur. Si le succès couronne leur début, ils deviennent plus hardis, plus entreprenants ; et lorsqu'enfin leurs respectables maîtres se sont convaincus de leur dextérité, de leur bonne volonté, et surtout de leur discrétion, ils les initient à de plus nobles travavaux, ils leur apprennent alors à couper adroitement une poche, à tirer effrontément une montre ou une bourse, à descendre dans des caves par un soupirail étroit et difficile, à casser promptement et sans bruit un carreau de vitre pour pénétrer dans un magasin, et à escalader avec légèreté une fenêtre pour se glisser dans un appartement. Ce joli et productif commerce dure souvent assez longtemps ; mais il arrive souvent aussi que la police découvre ces honnêtes manœuvres et en arrête le cours. Nos apprentis voleurs ne tardent pas à être arrêtés, emprisonnés pour plusieurs mois et quelques fois pour des années avec d'autres petits fripons comme eux ; ceux-ci achèvent de leur apprendre ou d'en apprendre, par l'enseignement mutuel, ce qui leur manquait pour se perfectionner dans la science du vol ; les uns et les autres n'obtiennent leur liberté que pour recommencer leurs exploits avec des connaissances acquises et sur un théâtre plus digne d'eux. Nouvelles tentatives sur la fortune publique, par conséquent nouveaux malheurs; et, en résultat définitif, nouveau retour à la prison d'où ils ne sortent un jour que pour y rentrer le lendemain, jusqu'à ce qu'enfin leur âge permette à la justice de les envoyer dans les maisons de force où ils apportent leur perversité, leurs passions viles et honteuses, une démoralisation effrayante, mais d'où ils sortiront plus pervers et plus démoralisés encore.

Peut-on, je le demande maintenant, peut-on raisonnablement conserver l'espoir de ramener les criminels de cette nature à des sentiments de probité et d'honneur, et de les empêcher de retomber dans le crime? La chose paraît impossible; et qu'on ne croie pas que j'ai chargé les traits de ce tableau affligeant pour les mœurs et honteux pour l'espèce humaine. Si quelqu'un le pensait, qu'il aille visiter nos maisons centrales et et particulièrement celles de Gand et de Vilvorde; qu'il examine les choses de près; et il se convaincra que tout ce que j'avance est de la plus exacte vérité.

Pour moi, qui ai habité pendant plus de dix ans avec des prisonniers de tout âge, de toute condition, de toute catégorie, j'ai eu le temps de voir et de juger: j'ai remarqué partout que les sept huitièmes des condamnés qui viennent en récidive sont des hommes qui ont commencé dès leur jeune âge leur carrière de crimes et de brigandages; ces condamnés sont cent fois plus dangereux, plus méchants et plus démoralisés que les autres. Qu'on compulse les matricules de jugements, l'on verra si j'en impose pour le nombre des récidives; qu'on compulse après cela les livres de punition, les livres de comptabilité morale, et on verra si je me trompe quand je dis qu'ils sont bien plus grangrénés que leurs camarades qui sont tirés des campagnes ou des petites villes; on verra si les meurtriers, les faux monnayeurs et les voleurs de grands chemins, qui en sortent ordinairement, ne sont pas des modèles de conduite en comparaison d'eux. Je dirai la même chose des faussaires qui sont d'ailleurs en très-petit nombre.

Quelle peut donc être la cause de cette différence singulière? Je crois la voir toute entière dans la manière vicieuse de punir les enfants pour une première faute. On dirait, au peu de soin que l'on prend de les rendre meilleurs, qu'on les regarde comme une pâture dévouée à la justice. Au lieu de les claquemurer seuls pour un temps dans une cellule au pain et à l'eau, au lieu de leur administrer tous les jours pendant ce temps une correction en rapport à leur âge, on les punit et on les traite comme des hommes faits qu'on laisse libres de leurs paroles, de leurs actions et arbitres de leur destinée.

Si donc, comme je le crois, la source de la profonde corruption des condamnés des grandes villes et de leur rechute fréquente dans le crime se trouve dans l'irrégularité des punitions qu'on leur inflige pour leurs premiers délits, il est du devoir de l'autorité, responsable aux yeux de la société et de la morale de tout le mal qu'elle peut prévenir, d'aviser aux moyens de rendre ce mal impossible : il est certain qu'en lui mettant le doigt sur la plaie elle devra y apporter remède.

Un arrêté royal du 29 novembre 1830, rendu par le gouvernement provisoire, a nommé M. E. Ducpétiaux inspecteur général des prisons civiles et militaires ainsi que des établissements de bienfaisance, et a déterminé ses attributions de la manière suivante : il doit visiter *trois fois* par an toutes les maisons de détention, de sûreté et d'arrêt, les dépôts de mendicité, les établissements de bienfaisance de toute nature et les colonies agricoles.

Il y a en Belgique : maisons centrales.	4
Maisons de sûreté civiles et militaires.	9
Idem d'arrêt.	20
Dépôts de mendicité.	6
Colonie agricole.	1

Établissements de bienfaisance de toute nature, chaque commune a le sien.

Je le demande à toute personne sensée, est-il possible que ce fonctionnaire puisse s'acquitter de la tâche que cet arrêté lui impose ! Non ; au lieu de pouvoir visiter tous ces établisements trois fois pendant l'année, il n'a pas même le loisir de le faire une seule. Je connais beaucoup d'établissements de la dernière catégorie qu'il n'a jamais vus. Pour le rendre entièrement inexécutable, cet arrêté porte en outre, qu'hors des époques consacrées à ses tournées, M. Ducpétiaux consacrera ses services à M. l'administrateur des prisons.

Je pense, quant à moi, qu'il entre dans les intérêts de l'administration supérieure de nommer un ou deux inspecteurs spéciaux qui s'occuperaient particulièrement de surveiller la partie de l'habillement, celle des magasins de vivres de toutes espèces, de la tenue des registres de toutes natures et particulièrement de ceux d'écrou qui sont très-mal tenus dans la majeure partie des maisons d'arrêt, abus qui provient, non de la négligence des concierges, mais de leur ineptie.

Le transport des détenus d'une prison à l'autre était, depuis longtemps, la source de nombreux abus; il humiliait les infortunés qui n'avaient pas abjuré tout sentiment d'honneur, il offrait un aliment à l'effronterie et à l'immoralité des prisonniers les plus pervers; à tous il faisait subir une peine à laquelle ils n'avaient pas été condamnés, celle d'une exposition prolongée pendant des heures, souvent même pendant des jours entiers. On s'affligeait aussi de voir des détenus, transférés d'un lieu à un autre par la gendarmerie, manquer de vêtements; il a été constaté que ceux les plus nécessaires étaient souvent vendus en route. A la vérité, l'administration supérieure avait paré à cet inconvénient par son règlement du 15 mars 1831; mais ce règlement n'a presque jamais reçu son exécution.

Le gouvernement, par un arrêté subséquent, en date du 25 août 1837, a obvié à ces inconvénients; cet arrêté porte qu'il sera dorénavant employé des voitures fermées pour le transport des détenus, tant civils que militaires, d'une prison à une autre; que ces voitures seront construites de manière à assurer non-seulement la séparation des détenus des deux sexes faisant partie d'un même convoi, mais encore, autant que possible, la séparation de chaque détenu; à garantir contre toute tentative d'évasion et à faciliter la surveillance active et non interrompue des agents de la force publique, chargés de l'escorte des transports.

Jusqu'à ce jour, cet arrêté n'a encore reçu qu'une bien faible exécution; mais tout porte à croire qu'avant peu toutes les difficultés qui se présentent seront applanies : il faut un temps moral à toute espèce d'innovation.

Quant à la construction et à la distribution de ces nouvelles voitures, je pense que l'administration supérieure ne peut mieux faire que d'adopter les voitures cellulaires dont M. le ministre de l'intérieur de France vient d'approuver le plan proposé par

M. Guillot. Voici ce qu'on lit à ce sujet dans la *Gazette des Tribunaux* de France.

« La voiture cellulaire, longue de 14 pieds, a la forme d'un omnibus ; mais les prisonniers sont placés de face et non de côté. Un couloir intérieur, dans lequel on entre par derrière la voiture, sépare deux rangées de cellules ; il est plus exhaussé que les côtés, et sa hauteur (5 pieds 4 pouces) permet aux gardiens qui s'y trouvent placés de se tenir debout et d'aller sans difficulté d'une cellule dans une autre.

» Les cellules sont au nombre de 12, 6 de chaque côté ; elles sont construites de façon que les prisonniers sont incessamment sous les yeux du gardien, sans qu'il leur soit possible d'avoir, ni entre eux ni au dehors, aucune commnication orale ou visuelle, de telle sorte que la même voiture peut, sans le moindre inconvénient, contenir tout à la fois un forçat et un simple prévenu, des hommes et des femmes, des enfants et des adultes ; quelque soit la longueur du trajet, les uns et les autres sont rendus à leur destination sans avoir pu s'apercevoir ni se parler.

» Avant d'avoir vu l'ingénieuse combinaison de cette voiture, il est difficile d'imaginer comment, dans un espace de 14 pieds de long sur 5 pieds et demi de large, on a pu obtenir un pareil résultat ; surtout si l'on ajoute à ce que nous venons de dire, que chaque prisonnier, dans sa cellule, est beaucoup plus à l'aise qu'on ne peut l'être dans la plupart de nos diligences.

» Chaque cellule à 22 pouces de largeur sur 38 de longueur, et un avancement pratiqué sous le siége de la cellule intérieure permet l'entier développement des jambes. Les cellules sont garnies à l'intérieur de coussins rembourrés en crin et couvertes en peau : deux poches en cuir contiennent le pain et la boisson dont le prisonnier peut avoir besoin. Les aliments sont renouvelés trois fois par jour. Une espèce de vasistas en tôle percée à jour, pratiquée dans l'impériale de la voiture, donne passage à un courant d'air convenable, que le détenu lui-même peut, à sa volonté, augmenter, diminuer, ou faire cesser complétement au moyen d'une soupape placée à sa portée. Une lucarne de trois ou quatre pouces, également pratiquée dans l'impériale, couverte d'un verre dépoli, éclaire l'intérieur de la cellule. Sous le coussin de chaque siége, il existe une lunette à laquelle est adaptée une espèce d'entonnoir en zinc et en chêne qui se déverse sur la voie publique et qui permet au condamné de satisfaire à tous ses besoins. Ces dispositions ont été jugées nécessaires pour que, sous de vains prétextes, les prisonniers ne se fissent pas descendre, ce qui facilite souvent les évasions. Avec cette voiture, le condamné ne met pied à terre qu'au lieu de sa destination.

» Ainsi que nous l'avons dit plus haut, les cellules s'ouvrent sur le couloir intérieur dans lequel sont placés deux gardiens. Les portes en chêne doublé de tôle sont garnies d'un double compartiment : l'un sert à passer les aliments au prisonnier ; l'autre, qui est grillé, est destiné à faciliter la surveillance des gardiens. L'ouverture et la direction oblique des guichets de chaque cellule sont combinées de telle sorte, que les gardiens ont incessamment les yeux sur les prisonniers, sans que ceux-ci puissent jamais venir à bout de se voir où de s'entendre entre eux.

» Aucun jour, aucune ouverture ne sont pratiqués dans les panneaux intérieurs de la voiture, qui est entièrement doublée en tôle.

» Indépendamment des deux gardiens qui sont placés dans le couloir intérieur, un brigadier de gendarmerie est assis à côté du conducteur. Il ne doit pas y avoir d'autre escorte, car les dispositions intérieures sont de nature à prévenir efficacement toute tentative de révolte ou d'évasion.

» Malgré toutes les complications de cette voiture, elle n'est pas aussi lourde que les diligences ordinaires : cinq chevaux échangés à chaque relai de la poste suffisent pour la desservir. Le trajet de Paris à Brest qui, avec le service des chaînes, durait 20 à 25 jours, doit s'effectuer maintenant en 72 heures. »

Dans l'intérêt du gouvernement, il est urgent que l'administration supérieure des prisons s'occupe, aussitôt que possible, de la rédaction d'un projet de comptabilité d'habillement et d'objets de couchage dans les maisons centrales de détention; celui adopté par l'ex-gouvernement le 11 juillet 1826 est bon et atteint son but, mais il est trop compliqué et n'est suivi qu'imparfaitement dans quelques prisons et point du tout dans les autres. Les divers objets d'habillement et de couchage restent en usage aussi longtemps que l'on peut s'en servir; c'est un inconvénient auquel il est urgent de remédier : car, ne point fixer le terme de leur durée, c'est les abandonner à l'arbitraire des commandants, c'est ouvrir la porte à des abus de tous genres. Je conviens que, dans une maison de correction telle que celle de Saint-Bernard, le terme de la durée desdits objets ne peut être fixé aussi long que dans la maison de force à Gand, et ce à cause des grands mouvements qui s'opèrent dans le personnel des détenus, mais il ne s'ensuit nullement de là qu'on ne puisse en fixer un : l'on peut avoir égard aux circonstances et à la destination des établissements, mais l'administration supérieure ne peut, sans risquer de voir ses intérêts lésés, laisser une valeur de plusieurs milliers de francs sans avoir la garantie qu'il en sera rendu bon et fidèle compte.

Les travaux dans toutes les maisons centrales marchent bien; il est seulement à regretter que le département de la guerre ne mette pas plus de bonne volonté à seconder les vues de l'administration des prisons. Les maîtres ouvriers des régiments ne devraient être admis à confectionner que pour autant que l'administration des prisons ne pourrait l'entreprendre ; toute adjudication publique ne devrait avoir lieu que pour les objets étrangers à ceux que cette administration a jugé convenable de fabriquer ou confectionner. Malheureusement le contraire a lieu; et, à peu d'exceptions près, l'on n'envoie à confectionner dans les prisons que les objets que les corps ne peuvent fournir dans le délai déterminé; cependant le prix de confection est bien peu élevé.

Il est peu de maisons de sûreté et d'arrêt où le travail soit introduit, cependant les prisonniers y sont en petit nombre et leur concurrence ne peut alarmer les fabricants. Ceux-ci profiteraient de l'apprentissage des détenus quand ils seraient rendus à la liberté.

Dans son ouvrage sur les progrès du système pénitentiaire, M. Ducpétiaux émet le vœu que l'on supprime les cantines; M. le député Desmet en a fait de même à la tribune, dans les séances des 2 et 6 décembre 1837. Je ne partage point leur avis et je dis avec M. ministre de la justice que, si dans notre système le travail est imposé aux détenus, il est convenable de conserver des moyens d'encouragement et de récompense pour ceux qui, parmi eux, accomplissent le mieux la tâche qui leur est imposée. La cantine est un des meilleurs moyens pour arriver à ce résultat; si vous supprimez les cantines, il faut aussi supprimer les deniers de poche. Jadis, les chefs d'établissement avaient intérêt à favoriser le débit dans les cantines ; cet abus n'existe plus dans les prisons pour peines. Pour quel motif un prisonnier qui se comporte bien ne pourrait-il pas se procurer, avec la minime fraction de salaire qui lui est laissée sur ses travaux, un peu de beurre, du tabac, un verre de bierre légère, même un supplément de ration de pain si la sienne n'a pu lui suffire.

Il est cependant des cantines que l'on devrait supprimer, ce sont celles tenues par les directeurs des établissements secondaires. Celles-là sont de vrais estaminets : les visiteurs boivent et mangent avec les détenus pendant des heures entières ; parents, amis, prisonniers, femmes, enfants, etc., sont pêle-mêle dans une chambre. Voilà de vrais abus qu'il est essentiel de réprimer; mais ne détruisez pas le principe, ne refusez pas un léger secours au malheur.

M. le ministre de la justice reconnaît l'existence de ces abus, mais il pense que si l'on privait immédiatement les directeurs de ces établissements secondaires des avantages qu'ils retirent de ces cantines, il y aurait lieu à l'allocation de traitements plus considérables, ce qui grèverait le trésor de nouvelles charges.

Cette considération ne doit pas arrêter ce haut fonctionnaire dans son système d'amélioration ; il suffit de signaler un abus contraire au bon ordre ainsi qu'à l'amendement des prisonniers, pour qu'il soit instant d'y remédier sans nul retard. Que l'on augmente les traitements des concierges, s'il le faut, mais qu'ils cessent aussitôt que possible d'être, eux et leur famille, les domestiques complaisants de ceux que la société a éloigné de son sein.

La nourriture des prisonniers dans toutes les maisons centrales et de sureté civiles et militaires a lieu par la voie de régie, de même que dans les maisons d'arrêt d'Audenaerde et de Termonde. L'administration supérieure en a obtenu les résultats les plus satisfaisants. Les prisonniers détenus dans les autres maisons d'arrêt sont encore entretenus par voie d'entreprise ; c'est un grave abus que le gouvernement aurait dû faire disparaître depuis longtemps.

En mars 1836, j'ai proposé à M. le ministre de la justice d'introduire, en une seule année, le système de régie dans toutes les maisons d'arrêt de la Belgique. Je procurai par ce moyen non-seulelement une économie de 65 à 70,000 francs au trésor, mais j'apportai une importante amélioration à l'entretien des prisonniers.

Voici ce que je lui écrivais à ce sujet le 12 mars.

Monsieur le ministre,

Lors de la discussion du budget du département de la justice pour l'année courante, l'honorable M. Dejaegher a longuement démontré les avantages qui résulteraient pour le trésor de l'introduction du système de régie dans toutes les maisons d'arrêt de la Belgique.

Aux diverses considérations qu'il a fait valoir, le gouvernement a répondu que, pour les prisons dont la population était moindre que dans les maisons centrales et de sûreté civiles et militaires, il était impossible d'admettre ce système, parce que les frais d'administration deviendraient trop considérables et qu'au lieu d'y gagner le trésor y perdrait beaucoup.

Je ne partage point l'avis du gouvernement et je dis au contraire qu'en introduisant le système de régie dans toutes les maisons d'arrêt, on réaliserait en deux années de temps, pour l'État, tout le bénéfice que les entrepreneurs retirent aujourd'hui de leur entreprise.

Convaincu de la réalité de ce qui précède, j'ai l'honneur de vous proposer, monsieur le ministre, sous les clauses et conditions mentionnées dans la pièce ci-jointe, de m'adjoindre à l'administration supérieure pour l'introduction de ce système dans toutes les maisons d'arrêt de la Belgique. L'expérience que j'ai acquise pendant les vingt années que j'ai été employé dans le service des prisons, dont dix en qualité de chef de bureau à l'administration supérieure, jointe à la manière dont je me suis acquitté d'une semblable mission à Liége, en vertu d'ordre de M. le ministre de l'intérieur en date du 24 décembre 1831, est une garantie certaine de la confiance que le gouvernement peut m'accorder pour l'exécution de la mesure dont il s'agit.

Une seule difficulté semble s'opposer à l'exécution de ce projet, c'est l'entretien des détenus dans les maisons de passage. Avant d'indiquer les moyens convenables de pourvoir à cet entretien, il faut d'abord examiner s'il doit continuer à rester une charge de l'État.

Je ne le pense pas, le trésor ne doit supporter que les dépenses relatives aux prisons pour peines et aux maisons de sûreté civiles et militaires et d'arrêt.

Les prisons qui n'appartiennent pas à une de ces trois catégories sont des maisons de police municipale, c'est-à-dire des prisons destinées, non-seulement aux condamnés par voie de police municipale, mais aussi, aux termes de l'arrêté du 20 octobre 1810, aux prévenus, accusés, et condamnés que l'on transporte d'une prison dans une autre ou qui ne sont pas encore frappés d'un mandat d'arrêt ou de dépôt.

Les dépenses de ces établissements sont à la charge des communes où ils sont situés, ét ce en vertu d'un arrêté rendu le 12 juin 1811, lequel n'a été modifié par aucune disposition postérieure.

A l'appui de cette opinion, je citerai ce qui se pratique en France où les prisons sont sous l'empire des mêmes lois qu'en Belgique. En bien ! les maisons centrales de justice et d'arrêt dépendent du département de l'intérieur, tandis que les maisons de passage et de dépôt sont considérées comme établissements communaux et administrées par les autorités locales qui en supportent les frais.

Si, sous le gouvernement précédent et jusqu'à ce jour, on s'est écarté de ce principe, c'est une irrégularité que l'administration actuelle ne doit ni ne peut continuer à souffrir, puisqu'elle n'est fondée sur aucune disposition formelle.

Dans le cas où le gouvernement ne partagerait point mon opinion à cet égard, c'est-à-dire qu'il déciderait que l'entretien des prisonniers dans les maisons de passage doit continuer à rester une charge de l'État, que l'autorité communale où il en existe une soit chargée de la nourriture des personnes qui y séjourneront.

Il existe un moyen facile de diminuer beaucoup le surcroît de dépenses qu'occasionnera pour ces établissements l'introduction du système de régie dans les maisons d'arrêt, c'est de donner plus d'extension à la circulaire de M. l'administrateur des prisons et des institutions de bienfaisance, en date du 30 mars 1833, en invitant messieurs les officiers du parquet civil et militaire, ainsi que les concierges des maisons de sûreté civiles et militaires et d'arrêt, à informer en temps utile, non-seulement les concierges des établissements vers lesquels un transport doit être dirigé, mais encore l'autorité communale de chaque maison de passage où devra séjourner ce transfert avant d'arriver à sa destination, du départ des détenus qui en font partie, de manière que l'arrivée des prisonniers n'ait pas lieu à l'improviste et puisse être connue au moins vingt-quatre heures d'avance. De cette manière, l'on écartera le principal prétexte des exigeances des entrepreneurs et des autorités communales; l'augmentation de la dépense sera peu considérable et en aucune manière en rapport avec le bénéfice que l'on retirera des maisons d'arrêt, elle ne dépassera pas la somme de fr. 10,000 : du reste, l'art. 11 du contrat a prévu ce cas.

Le travail que l'introduction du système de régie occasionnera dans chaque maison d'arrêt pourra paraître au premier coup d'œil assez compliqué; cependant je puis vous donner l'assurance M. le ministre, qu'il n'en sera rien, et qu'une fois que les employés appelés à y concourir auront acquis une parfaite intelligence des arrêtés et instructions qui établissent les principes du système dont il s'agit, l'exécution en aura lieu sans la moindre difficulté. Au surplus, ce travail m'étant très-familier, je me rendrai dans chaque établissement pour y donner, sur les détails difficiles à indiquer par écrit, les instructions nécessaires, tant au secrétaire de la commission qu'aux divers employés de la prison.

Lundi prochain, j'aurai l'honneur de me rendre à votre audience pour vous entretenir quelques instants sur ma proposition et sur les résultats avantageux que le gouvernement peut en tirer, s'il juge convenable de l'accueillir.

Toutefois, j'ai l'honneur de vous faire observer qu'il est nécessaire que la décision à intervenir soit prise aussitôt que possible et au plus tard avant le 20 du mois prochain; car, tout bien calculé, après cette époque, il ne me resterait plus assez de temps pour mes travaux.

J'ai l'honneur d'être avec respect,

Monsieur le Ministre,

Votre très-dévoué serviteur

(*Signé*) P.-F.-J. Brogniez.

PIÈCE JOINTE.

Clauses et conditions sous lesquelles le sieur P.-F.-J. Brogniez s'engage à introduire le système de régie, pour la nourriture et l'entretien des détenus, dans toutes les maisons d'arrêt de la Belgique.

Article 1er. L'entretien des détenus par voie de régie, dans les maisons de sûreté civiles et militaires et dans les maisons d'arrêt d'Audenaerde et de Termonde, ayant produit les résultats les plus avantageux, le même mode sera introduit, à dater du 1er janvier 1837, dans toutes les maisons d'arrêt de la Belgique par les soins de l'administration supérieure des prisons et du sieur Brogniez, ce dernier déclarant avoir une parfaite connaissance des lois et instructions existantes sur la matière et promettant de s'y conformer exactement.

Art. 2. Les chaudières et généralement tous les ustensils nécessaires à la préparation des aliments seront fournis par le sieur Brogniez et à ses frais, dans les quantités et contenances à déterminer d'un commun accord avec la commission administrative de chaque prison; la valeur approximative de ces objets peut être portée à fr. 750, par conséquent à fr. 16,500 pour les vingt-deux maisons d'arrêt.

Art. 3. Chaque chaudière sera en fer et devra avoir 3 lignes d'épaisseur dans toute la partie la plus soumise à l'action du feu et 2 lignes seulement vers celle la plus élevée, le tout comme cela existe à la maison de détention de Vilvorde, ces deux dimensions ayant été reconnues convenables par M. Roget, ingénieur en chef dans le Brabant.

Art. 4. Les frais résultant du placement des chaudières, tels que maçonnerie, ferrailles et portes en fer aux fourneaux, seront supportés par l'administration supérieure des prisons, à moins celle-ci préfère remettre ce soin au sieur Brogniez; dans ce cas il recevra d'elle une indemnité de fr. 60 par chaudière.

Art. 5. La manipulation et la cuisson du pain ne pouvant, faute de locaux, avoir lieu dans la prison, la commission administrative de chaque établissement pourra passer un contrat avec l'administration des hospices de la ville pour en faire la fourniture, ou faire mettre cet objet en adjudication publique.

Art. 6. La fourniture de la paille, le chauffage et l'éclairage, le lavage du linge et des habillements appartenant à l'État et aux prisonniers, ainsi que le raser des détenus, feront partie de leur entretien; les frais qui résulteront de ces diverses fournitures seront portés en compte au sieur Brogniez et défalqués du bénéfice qui résultera sur la nourriture.

Art. 7. L'administration supérieure des prisons prendra toutes les mesures convenables pour que les prisonniers puissent être nourris, d'après le nouveau mode, à dater du 1er janvier 1837.

Art. 8. Après l'expiration de chaque trimestre, la commission administrative de chaque prison fera parvenir à l'administration supérieure un compte détaillé, dans les formes usitées dans les autres maisons, de ce qu'aura coûté la nourriture et l'entretien des prisonniers pendant le trimestre écoulé; ce compte sera examiné et clôturé par les soins de l'administration supérieure, qui l'approuvera. Cette même administration examinera ensuite à combien se serait élevée la dépense ci-dessus indiquée, si les détenus avaient continué d'être nourris et entretenus par voie d'entreprise. (Cette dépense sera calculée d'après le prix de 1836 pour chaque prison.) Le bénéfice qui résultera du système de régie sur celui d'entreprise sera payé intégralement au sieur Brogniez.

Art. 9. Au 1er janvier 1838 et au 1er janvier 1839, selon la durée du présent contrat, la commission administrative de chaque prison fera dresser un inventaire des objets ayant servi à la préparation de la nourriture et à l'entretien, existant à cette époque dans les magasins; il sera rendu compte au sieur Brogniez de leur valeur d'après le prix d'entreprise.

Art. 10. Le présent contrat est fait pour le terme de deux années, à dater du 1er janvier 1837. Ce terme écoulé, tous les objets sans exception fournis par le sieur Brogniez pour la préparation des aliments deviendront la propriété de l'administration supérieure des prisons, le sieur Brogniez renonçant à toute espèce d'indemnité, sous tels motifs que ce puisse être.

Toutefois, il sera libre à l'administration supérieure des prisons de résilier ce contrat à dater du 1er janvier 1838, moyennant avertissement de trois mois d'avance ; dans ce cas seul, l'administration sera tenue de payer la moitié de la valeur des objets fournis par le sieur Brogniez. Cette moitié sera évaluée, non d'après le prix d'achat, mais seulement d'après la valeur réelle de chaque objet à l'époque de l'expertise.

Art. 11. Dans le cas où il serait décidé que la nourriture des prisonniers dans les maisons de passage doit continuer à rester une charge de l'État, le sieur Brogniez bonifiera à l'administration supérieure le surplus de la dépense à intervenir. Ce surplus sera défalqué, chaque trimestre, de la somme qui reviendra au sieur Brogniez.

Art. 12. Dans le cas où le sieur Brogniez serait en défaut d'effectuer tout ou partie des fournitures qu'il doit faire aux termes du présent contrat, il y sera suppléé d'office, et à ses frais, risques et périls, par la commission administrative de la prison.

Art. 13. Toutes les contestations qui pourraient s'élever pour l'exécution du présent contrat seront jugées et décidées par la commission administrative de la prison, le sieur Brogniez se soumettant à cette condition sans appel à aucune autre autorité.

Le sieur Brogniez, faisant de l'exécution des présentes une affaire d'honneur, ne négligera rien et sacrifiera au besoin son propre intérêt, pour que cette entreprise recoive en tous points l'approbation générale et lui mérite la bienveillance du gouvernement.

Bruxelles, le 12 mars 1836.

(*Signé*) P.-F.-J. BROGNIEZ.

A cette proposition, M. le ministre de la justice a répondu.

Bruxelles, le 9 juillet 1836.

A monsieur Brogniez, agent d'affaires, à Bruxelles.

Monsieur,

En réponse à la lettre que vous m'avez adressée, j'ai l'honneur de vous informer qu'il résulte d'un mûr examen que j'ai fait du projet que vous m'avez soumis et des renseignements que j'ai recueillis de MM. les gouverneurs des provinces, qu'il est de toute impossibilité d'introduire avec succès le régime de la régie pour l'entretien des détenus, dans toutes les maisons d'arrêt. Plusieurs motifs s'y opposent, et entr'autres le manque de fonds pour l'appropriation des locaux, dépense que, dans votre projet, vous laissiez à la charge du gouvernement, le manque de locaux dans plusieurs établissements, et enfin le défaut de capacités de quelques concierges. Je suis donc déterminé à n'introduire que successivement la régie dans quelques maisons d'arrêt; et quant aux mesures à prendre à cet effet, je ne crois pas devoir employer des personnes étrangères à l'administration.

D'après ce qui précède, je ne puis, monsieur, accueillir les propositions que vous m'avez faites.

Le ministre de la justice,

(*Signé*) A.-N.-J. Ernst.

Il résulte du contenu de la lettre qui précède que M. le ministre de la justice n'a point fait, comme il le dit, un mûr examen de ma proposition ou plutôt qu'il ne s'est pas donné la peine d'en prendre connaissance. En effet, M. le ministre déclare, qu'il résulte des renseignements qu'il a recueillis de MM. les gouverneurs qu'il est de toute impossibilité d'introduire avec succès le régime de la régie dans toutes les maisons d'arrêt.

Je ne partage nullement l'opinion de ces messieurs. Ces fonctionnaires ont dû nécessairement consulter les commissions administratives des prisons, celles-ci les concierges sous leurs ordres; ces derniers ont émis un avis contraire, cela est de rigueur : il est bien plus commode de recevoir les vivres tout prêts à distribuer à ceux à qui ils sont destinés, que de les préparer soi-même et d'en tenir comptabilité. Les commissions administratives ont partagé leur opinion, c'est conforme à leur manière d'agir : l'on évite toujours autant que possible de se charger de besognes, quelquefois désagréables, dont on n'est pas rétribué.

Le système de régie est avantageux au trésor et aux prisonniers. C'est une chose incontestable, il faut l'adopter : voilà mon opinion.

M. l'inspecteur général Ducpétiaux, dans son ouvrage (1), dit : qu'en Belgique, avec le système de régie, la moyenne de la dépense pour chaque détenu, dans les maisons centrales, n'excède guère fr. 150 ; c'est 42 centimes environ, par jour et par individu, répartis de la manière suivante :

Nourriture	24	centimes.
Entretien. .	6	id.
Administration.	12	id.
TOTAL	42	centimes.

En introduisant le même système dans les maisons d'arrêt, je pose en fait que la journée ne reviendra pas à 40 centimes, attendu que les frais d'administration ne seront pas à beaucoup près aussi considérables.

J'ignore à quel prix la journée d'entretien, par entreprise, a été adjugée dans les diverses provinces pour les années 1837 et 1838 ; je n'ai aucunes données à cet égard, mais voici quel en a été le prix pour 1835 et 1836.

DÉNOMINATION DES PROVINCES.	PRIX DE LA JOURNÉE.	
	1835	1836
Brabant.	52	42
Limbourg. .	58	65
Liége.	70	70
Flandre-Orientale.	50	62
Flandre-Occidentale.	52	52
Hainaut.	42	52
Namur. .	64	75
Anvers. .	60	60
Luxembourg. .	75	68

(1) Des progrès et de l'état actuel de la réforme pénitentiaire, etc ; vol. I, page 341.

Qu'on juge, d'après ces divers prix, quelle économie on aurait déjà pu faire si ma proposition avait été prise en considération.

M. le ministre donne pour motif de rejet : 1° Les dépenses à résulter de l'appropriation des locaux. Mais, dans mon projet, j'ai offert de me charger de cette dépense, que l'on semble faire monter à un taux très-élevé, pour une somme de fr. 2,640. 2° Le manque des locaux dans plusieurs établissements. Je conteste ce fait, parce qu'il n'existe pas ; il ne faut pas un grand local pour y placer deux chaudières. Que l'on approprie à cet effet les chambres qui servent aujourd'hui clandestinement de petite pistole (c'est le mot), moyennant la rétribution de 30 à 40 centimes par jour dont les concierges ne rendent jamais aucun compte, l'on aura des locaux suffisants dans chaque prison pour l'introduction de la régie.

M. le ministre de la justice dit aussi que le défaut de capacités de quelques concierges est un troisième obstacle à la mise à exécution de ce projet. Mais tous ceux qui ont visité les maisons d'arrêt de la Belgique sont convaincus de l'ineptie de presque tous les concierges; quand on sait à peine écrire, l'on ne saurait tenir une comptabilité; mais, pour ce motif, doit-on sacrifier impunément plusieurs milliers de francs? Pourquoi nomme-t-on des êtres de cette espèce au détriment des hommes instruits et aptes? S'ils ne peuvent remplir les fonctions auxquelles ils ont été appelés, qu'on les renvoie, il n'est jamais trop tard de substituer des capacités aux nullités, il restera encore assez de ces dernières dans nos prisons.

Toujours est-il vrai qu'il s'agit d'une économie de 65 à 70,000 fr. pour l'État; il me paraît que ce projet mérite d'être examiné de nouveau par l'administration supérieure, et ce avec d'autant plus de raison, que récemment encore le gouvernement s'est trouvé contraint de demander un supplément de crédit de fr. 70,000, pour nourriture des prisonniers, par suite de l'augmentation de leur nombre dans les diverses prisons. Ce qui porte l'art. 1er du chapitre VIII du budjet de 1837 à fr. 770,000.

M. le ministre dit enfin qu'il ne croit pas devoir employer des personnes étrangères à l'administration pour l'introduction successive du système de régie. M. le ministre semble dire par là qu'il a dans son département des employés aussi aptes que moi pour se charger de cette besogne; en cela, comme dans le reste,

M. le ministre ne m'a pas compris ou n'a pas voulu me comprendre. Je sais aussi bien que lui que l'administration centrale des prisons est composée d'hommes réunissants plus de connaissances administratives que moi; j'ai été à même d'en juger pendant les quatorze mois que j'ai travaillé à cette administration, en vertu d'un arrêté du gouvernement provisoire en date du 24 février 1831, n° 2218, qui m'appelait à participer à leurs travaux en qualité de chef de bureau: je me plais à le reconnaître, il m'est même agréable de trouver ici l'occasion de rendre un hommage public à leurs talents. Si je me suis offert à m'adjoindre à l'administration supérieure pour l'introduction de ce système dans tous les maisons d'arrêt, c'est que je devais, par la nature de mon contrat, les visiter toutes pour assurer le service; qu'ainsi, étant sur les lieux, je pouvais également établir la comptabilité à tenir et par là éviter le déplacement des employés de l'administration centrale, déplacement qui aurait encore occasionné des frais assez considérables. Je n'ai donc eu en vue que le bien de la chose et les intérêts du trésor, et non de jeter de la défaveur sur mes anciens collaborateurs et amis.

Dans la composition des soupes et même du pain, il serait à désirer que l'on introduisît la farine de maïs; dans ma première brochure, j'ai déjà faire valoir les heureux effets que l'on peut en attendre. Aux États-Unis, et particulièrement dans les pénitenciers de Philadelphie, d'Auburn, Singsing, etc., l'on s'en sert avantageusement.

Par suite de l'arrêté royal du 15 avril 1833, qui acceptait la proposition faite par M. Panigada de créer à ses frais une ferme modèle pour la culture du maïs, j'ai été chargé de faire les premiers essais de cette farine à la maison de détention militaire d'Alost, et j'ai reconnu qu'elle pouvait être employée dans les proportions suivantes, savoir: pour le pain de ration, 3/4 de seigle et 1/4 maïs.

Pour pain de soupe, 3/4 de froment non bluté et 1/4 de maïs; dans la soupe à la viande seulement, 3/4 de riz et 1/4 de maïs au lieu de 4/4 de riz, mais avec augmentation d'un esterling de sel et un grain de poivre par homme.

A la vérité, les prisonniers ont refusé cette soupe; mais ce n'est que parce qu'ils avaient été prévenus contre elle par les médecins de l'établissement qui avaient déclaré à la cuisine, en présence des détenus, que c'était avec cette farine que l'on engraissait les animaux en France ; qu'enfin, si on la donnait aux prisonniers, le nombre de malades s'accroîtrait sensiblement. Ces mêmes propos ont été tenus par eux à la commission administrative qui ne s'est pas fait tirer l'oreille pour donner un avis contraire, puisque déjà son vice-président avait été peu favorable à l'allocation demandée par le gouvernement pour la culture du maïs. Quant à moi, je pense que l'introduction de cette farine dans les hospices et les prisons peut devenir un excellent moyen d'amélioration dans le régime alimentaire des prisonniers.

Parlons maintenant des grâces, et voyons si les intentions du gouvernement sont toujours suivies.

Une des plus belles prérogatives du roi est sans contredit le droit de faire grâce, qui est quelquefois le moyen de réparer de grandes erreurs et d'adoucir ce qu'a de trop sévère une condamnation exigée par la loi. Aussi est-elle devenue d'un usage fréquent et même périodique ; cette habitude a produit les meilleurs effets parmi les prisonniers ; ils comptent désormais l'exercice du droit de grâce au nombre de leurs chances favorables. Cette idée émousse l'aiguillon du désespoir au jour de la condamnation, il n'est presque pas un criminel aujourd'hui qui ne se pourvoie en grâce en même temps qu'en cassation. On profite de ce moyen, dans l'intérêt de la société, pour obtenir du condamné des révélations ou un aveu précis et détaillé du délit ; cet aveu et ces révélations rassurent la conscience des magistrats sur l'équité de leurs jugements et ajoutent aux lumières de leur expérience pour les nouvelles causes qu'ils sont appelés à juger.

Les remises de peines pleines et entières sont rares ; les commutations ou les remises partielles sont fréquentes : méthode sage qui soutient le courage du condamné en même temps qu'elle est pour lui-même et pour tous un puissant véhicule de bonne conduite.

Mais plus cette prérogative est noble et sublime, plus elle doit être exercée avec sagesse et impartialité ; il faut que la société y trouve toujours la garantie que les criminels la vénèrent et la considèrent comme l'ancre du salut qui peut les sauver du naufrage, s'ils se conduisent bien. Ne serait-ce pas en effet une conduite bien coupable que celle des fonctionnaires qui, appelés à former la liste des détenus à présenter à la clémence du roi, ne consulteraient pas, pour fixer son choix, la moralité, le motif de la condamnation, et surtout l'amendement des prisonniers. Il existe malheureusement des exemples où certaines grâces se trouvent être le partage d'individus dont on cherche en vain les titres à les obtenir : des liens de famille, des souvenirs d'enfance, un nom respectable, sont souvent les seules recommandations ; et, si la faveur tombe sur celui que sa conduite rendait peu digne d'en être l'objet, ses compagnons souffrent de voir sans récompense leurs propres efforts vers le bien, ils s'irritent de n'avoir pas eu le même bonheur ; et du mécontentement au murmure et au découragement, l'intervalle n'est pas grand.

A l'appui de mon assertion, je citerai un fait qui s'est passé sous mes yeux, un prisonnier qui n'avait pour tout mérite que le bonheur de porter le même nom qu'un des membres d'une commission ; il a été gracié pour ce motif. Mais à qui imputer la faute de la majeure partie de ces abus affligeants? Souvent à MM. les procureurs du roi et aux auditeurs militaires qui ont négligé d'envoyer, lors du transport des prisonniers, les renseignements qu'ils sont obligés de donner sur chacune des personnes qu'ils expédient dans les établissements ; de manière qu'à défaut de ces renseignements, l'autorité locale ne sait que faire et risque souvent de se tromper.

L'arrêté du régent de la Belgique, en date du 13 juillet 1831, ainsi que les circulaires et instructions qui l'on accompagné, régularisent l'exercice du droit de grâce à l'égard des détenus dans les grandes prisons. Les registres de comptabilité morale, qui en sont la suite, présentent dans ces prisons beaucoup de lacunes.

Dans la maison de détention militaire d'Alost, il existe un autre abus : c'est que souvent des prisonniers obtiennent grâce sur le rapport du département de la guerre, et sans que la commission administrative ni le commandant de l'établissement n'aient été consultés. En mai 1833, par exemple, 234 prisonniers ont ainsi été graciés : eh bien ! parmi ces 234, il y en avait beaucoup qui étaient loin de mériter la faveur qui leur était accordée. Un, entre autres, m'avait été signalé par M. l'auditeur militaire comme un mauvais sujet ; dès son entrée dans la prison, il n'avait cherché qu'à mettre le trouble, à exciter ses camarades à la révolte : cette homme a obtenu huit années de remise ! D'après cette manière d'agir, est-il possible de convaincre les détenus que leur bonne conduite dans la maison peut seule leur faire obtenir quelque diminution? Non, tôt ou tard il doit en résulter des inconvénients fâcheux.

Pour obvier à ces abus graves, il est nécessaire que le département de la guerre prenne des renseignements, près de celui de la justice, sur la conduite des prisonniers en faveur desquels il désire faire des propositions au roi.

D'après l'art. 22 du code pénal civil, tout individu qui a été condamné à l'une des peines des travaux forcés à perpétuité, des travaux forcés à temps, ou de la réclusion, avant de subir sa peine, doit être attaché au carcan sur la place publique; il y demeure exposé aux regards du peuple durant une heure, etc. N'est-ce pas, pour ainsi dire, doubler la peine du coupable que de le conduire, comme on le fait aujourd'hui, de la prison à l'échafaud, assis sur une charette, exposé aux regards d'un public avide de le voir. L'on peut facilement remédier à cet inconvénient que je considère comme un abus, en faisant conduire le condamné, de la prison au lieu de l'exécution, dans la voiture fermée établie pour le transfert des prévenus et accusés aux tribunaux. Mieux voudrait encore ne point les conduire du tout, car cette dégradation publique est tellement odieuse qu'aucun de ceux qui ont eu le malheur de la subir, et cela sans exception, n'est descendu de l'échafaud avec les mêmes sentiments que ceux qu'il avait en y montant : on dirait que le contact avec le bourreau a souillé tout son être; il rougit à ses propres yeux, et parvient au dernier degré du malheur et de l'abjection, celui de perdre sa propre estime. En effet, conçoit-on l'horrible tourment qu'éprouve un infortuné ainsi avili, quand il gémit, non sur le châtiment en lui-même, mais sur les causes qui l'ont attiré? Mille vertus naîtraient-elles en son cœur, qu'une barrière vient de s'élever entre la société et lui. L'autorité même prend soin d'entourer ce spectacle de tout ce qui peut avilir davantage le malheureux qui en est l'objet; elle semble dire : « Voyez cette homme, » lisez ses noms et ses fautes, regardez bien ses traits, gardez en » le souvenir : il est à jamais banni de votre sein. Il a failli, c'est » un réprouvé; fuyez, fuyez ce misérable, il a respiré le même

» air que l'exécuteur, il est retranché de la société ! » Et une foule de curieux assistent à ce spectacle atroce, pour jouir de la honte de celui qu'une malheureuce célébrité a rendu l'objet de la curiosité publique; des femmes, dont le cœur ne devrait connaître que les douces émotions d'un sentiment tendre et délicat, des femmes, il faut le dire à la honte du siècle, osent se montrer avides de ce genre de spectacle.

Oh! que les magistrats qui prononcent de telles condamnations en seraient plus avares, s'ils daignaient s'arrêter une fois, une seule fois, à l'idée de ce qu'éprouve celui qui se voit ainsi frappé d'anathême, et cela pour toute sa vie.

Je pense que l'exposition doit être effacée de notre code, puisqu'elle n'offre aucun avantage positif pour la société et qu'elle avilit celui qui la subit. N'étouffez point chez le condamné le peu de sensibilité ou de dignité même qui peut lui rester; hérissez d'épines, si vous le voulez, le chemin qu'il devra parcourir pour rentrer dans le sentier de l'honneur, mais, par grâce pour la fragile humanité, n'élevez pas une barrière insurmontable entre le monde et lui; soumettez son courage à de fortes épreuves, mais que la société, en le rejettant de son sein pour jamais, ne l'autorise point à en devenir le fléau. Fortifiez le dans une idée consolatrice, que le coupable est moins éloigné de devenir homme de bien que celui-ci ne l'est de faillir; et faites qu'il vous prouve la fausseté du principe émis par le grand poète, dans ces deux vers, qu'une âme honnête n'oserait avouer :

> L'honneur est comme une île escarpée et sans bords,
> On n'y peut plus rentrer dès qu'on en est dehors.
>
> Boileau Satire X.

FIN.

Milton Keynes UK
Ingram Content Group UK Ltd.
UKHW040654231024
449953UK00005B/39